KB130947

청어詩人選 305

보금자리에 대한
시인의 사유 형성기

둥지를 틀어

제천 소나무 박광옥
제5시집

도서출판 청어

서문

박광옥 제5시집 『둥지를 틀어』, 늠름한 생명력과 시적 상상력

오탁번
시인·소설가, 고려대 명예교수
대한민국 예술원 종신회원

박광옥 시인을 처음 만난 것은 2004년 내가 낙향하여 백운면 애련리에 있는 폐교된 분교를 인수하여 문학관을 차렸을 때였다. 듬직한 체구와 말이 무거운 언행으로 보면 문학과는 거리가 먼 사람 같이 보였지만 정식으로 등단한 시인이라는 사실을 알고 나는 깜짝 놀랐다. 알고 보니 그는 대학시절의 내 친구 서병준 시인의 제천 중학 동창생이었다. 그러니 그는 내 친구의 친구여서, 나와도 자연스럽게 너나들이하며 지내는 어깨동갑 친구가 되었다.

그 후 10년도 더 훌쩍 흐른 요즘에는 그도 귀가 어둡고

나도 어두워져서 서로 대화가 불편할 때도 많지만 우리는 제천 사람 특유의 기질로 서로의 의중을 지레짐작으로도 다 안다. 우리는 오랜만에 만나 악수를 할 때도 괜히 오두방정 떨며 반가움을 과장하지 않는다. 그저 싱긋 웃을 뿐이다. 좋은 일이 생기면 그냥 따라서 좋고 안쓰러운 일이 생기면 같이 마음 아파하는 그런 사이이다.

그의 시를 읽으면 그의 크고 따뜻한 손을 잡으며 악수할 때처럼 그렇게 편하다. 꼭 말로 다 표현하지 않아도 되는, 말하자면 어떤 문학적 원형이나 상징 같은 어떤 힘이 그의 일상생활에서나 시에서나 보이지 않게 신비로운 작용을 하는 것 같다. 자주 만나는 이웃 사람이나 시를 읽는 독자들을 흡인하는 그의 인품과 시인으로서의 시적 장력이 암암리에 그런 힘을 발휘하는 것 같다.

오랜 세월 동안 병마에 시달리면서도 시창작에 매진하는 그를 보면, 그야말로 목숨을 걸고 시를 쓰는 보기 드문 열정과 뚝심에 놀라게 된다. 아귀가 딱딱 맞는 문학적 이론이나 전기적 생애의 특징에 꿰맞추어서 그의 시를 난도질하듯 분석하는 것은 오히려 무위자연의 넉넉하고 드넓은 그의 시세계를 편협하게 읽는 어리석음에 지나지 않을지도 모른다.

그의 시세계는 약아빠진 요즘 세상에서는 보기 어려운, 불가사의한 전설이나 신화에 해당하는 참 독특한 장르에 속한다고 할 수 있다. 그의 시에는 장삼이사 갑남을녀의 소박한 생활상이 고스란히 담겨있고 삶과 죽음을 초월하는 옛 선비들의 초월적인 사생관이 녹아 있다.

그러므로 그의 시에서 중뿔나게 시적 기교나 언어의 굴절을 찾으려고 현학적인 가늠자를 지나치게 들이댈 필요가 없다. 그는 고향을 지키고 나라를 걱정하고, 이웃의 한숨소리와 웃음소리, 자연의 바람소리와 물소리를 들으면서, 파괴되어가는 자연에 대한 근원적인 사랑과 사라져가는 전통 사회의 예절과 품격에 대한 아쉬움을 오밀조밀한 시적 상상력으로 형상화 한다.

그의 호 '제천 소나무'가 풍기는 늠름하고 강인한 생명력을 예찬하면서 그는 사소한 시적 기교에 얽매이지 않고 좀 더 크고 넓은 시세계를 향하여 오늘도 쉼 없이 시창작에 골몰하고 있다. 마치 산을 영원토록 퍼서 옮기고 바닷물을 됫박으로 뜨는 어리석은 옛 현자들처럼 영원에 이르는 시공을 넘나들며 묵묵히 시의 길을 가고 있다.

이처럼 그의 시세계는 삶의 지평을 향하여 불굴의 정신으로 나아가는 궤적에 대한 기록이므로 자연스럽게 하나의 장편 서사시의 구조와 성격을 띠게 될 수밖에 없다. 유년과 노년이 서로 어우러지고, 고뇌와 환희가 서로 교차하면서, 가족과 이웃에 대한 소소한 사랑 이야기가 파노라마처럼 펼쳐지고 있기 때문이다. 시로 쓰는 깨알 같은 일기장이며 눈물 겨운 자서전이 아닐 수 없다.

그는 이제 일락서산의 노을 앞에 섰다. 아직도 출간할

시집이 여러 권 남았다는데 혹여 그의 건강에 또 어떤 어려운 문제가 생길까봐 걱정도 되지만, 지금껏 그래왔듯이 앞으로도 시창작을 통한 신비한 치유의 기적이 항상 일어나기를 믿어 의심치 않는다. 근면한 생활인의 자세를 잃지 않는 전인적인 삶의 방식으로 개성적인 시세계를 더욱 풍요롭게 일구어 나가기를 기대한다.

둥지를 틀어

하늘을 우러르면 흐르는 눈물 있던 내 고달프고 힘들었던 삶이여, 이제 위로 받아라.

내 영혼이 수없이 죽었다 깨어나 나의 살점을 떼어 너의 솜털에 붙이고 나의 피를 너에게 수혈하고 나의 머리털을 뽑아 둥지를 틀어 안착시킨 나의 시들이여, 고단했던 방랑을 멈추자.

이곳에 둥지를 틀어 내 영혼과 함께 머물러 살거라. 집터를 내어 주마.

세월이 흐른 먼 훗날, 네가 그 힘들었던 늙은 나의 삶에 생기를 불어 넣어주고 용기를 불어 넣어주었듯 이제 너의 존재를 보관하겠노라 외쳐 주거라. 그리고 너의 집으로 들어와 자리를 잡거라. 내 시여… 남루한 나의 시, 이 시집이 너희들의 집이니라.

제천 돌모루에서

제천 소나무 **박광옥**

차례

시인의 한 수

2부 시노래

제천 소나무 박광옥 제5시집

둥지를 틀어

1부

시

그 녀석들에 방황의 거리

엄마! 여기는 서울이야
창경원 돌담 넘어 궁전 뒤, 숲이 보이는 원서동 산둥에서
어느 바람난 왕자와 궁녀의 밀회를 엿보다
거리로 뛰쳐 내려갔어, 얼마를 가다가다
나는 되돌아가는 길을 잃어버리고 육교가 보이는 저 앞으로
엄마! 엄마의 뒷모습을 보았어
눈이 화들짝 트이고 젖 먹은 힘이 솟아 뛰어 달렸어
엄마하고 뒷등에 힘껏 매어 달렸어
“이 애가 미쳤어” 힘껏 뿌리치는 어느 아주머니의 외마디
소리와 함께
나는 보도 위를 구르는 낙엽처럼 힘없이 나뒹굴었어
엄마! 여기는 아직 창경원 정문이 보이는 돌담길 밑이야
먼 하늘에 구름이 흐르고 바람만 내 잎을 맞추고 지나갈 뿐
저쪽으로 어느 바람 난 선비가 책을 끼고 여인의 뒤를 따라
가고 있어
스산한 가을바람이 선비의 옷소매를 붙들지만…
길 잃은 소년은 어디론가 발길을 돌려야만 해

정소리

훈련은 끝났다네
땀의 방패 들고 전장으로 가네
무시무시한 계곡과 계곡 사이
땅두더지 같이 누비며
유격! 유격! 하늘 한번 볼 새 없이
훈련은 끝났다네
저 건너 비탈진 밭에 매어 달린 등굽은 여인은
내 고향 어머니의 모습
이 땅 두고 우리는 가네
걸어 넘는 굽이 굽이 깊은 산길, 각도는 칠십도
넘어가는 발목 잡고
가슴으로 파고드는
저- 돌 쪼는 정소리
옴리의 울음 되어 가슴으로 파고드네
소쩍새가 저리 슬퍼 울까
소쩍새가 저리 슬퍼 울까? 모두다 숨 죽였는데
가슴 저미고 파고드는 정소리
강원도 산골 찌르는 "정소리"
품에 안고 가라 하네,
가라 하네 정소리, 정소리

*옴리: 강원도에 있는 월남파병 준비를 위한
월남(베트남) 참전 군인 유격훈련장이 있던 곳.

고국

뱃고동이 운다
가슴 고동의 숨 막힘…

숨을 들어 마시면
뿌듯이 살쪄 오는

오래 떨어져
배리 배리 말라 버린
가슴을 틔우며
뿌듯이 살쪄 오는

새벽안개며
저 산하여

고국의 온 천지를
가슴에 안았다

쭉 빠진 미녀들 보다

오리 다리의 아낙들이
터를 다져 놓은

고국의 온 천지를
장부의
가슴에 다시 안았다

개성공단

2004년 12월이다
개성공단에서는 엽전은
이제 천길 땅 속에 묻혔다
그리고 살아나라
고려청자의 빛
하늘과 함께
인삼 등짐이 만주벌을 누볐듯
고려청자의 빛
하늘과 함께
만주벌을 지나
만리장성 넘어도 물들어라

시인의 성

나는 시인의 성 안에 왔네
적막한 산골짜기 이름 없는 고개 고개
돌 쪼는 정소리가 새소리 되어 울려 퍼지던
광산 고개, 물바가지에 조밥 말아 넘기며
저 강 건너에 있다던 곳
시인의 성에 내가 도착했네

나는 시인의 성 안에 왔네
내 영혼이 자유의 날개 달고 떠나간
빈자리에 우수수 낙엽만 떨어져 쌓이면
그때 내 마음 어딘가에 있었다던
시인의 성에 내가 도착했네

성곽을 쌓아 올리지 말게
성문은 부수어 버리세
샘물은 흘러 봄을 칭얼거리고
나도야 부르는 노래는
내 시름 구름 위에 태우고
내 기쁨 꽃잎에 입 맞추며
오! 시인의 성에 내가 왔네

미로(迷路)

그대가 바람 곁에 지날 때마다
나는 내 마음속에서 울리는
고동 소리를 들었네

그 고동 소리가 가라앉으면
적막한 밤의 물결에 숨 막혀도
꼬리를 물고 세월처럼 여울지는
물소리에 귀 기울이던
그 밤들의 기억

우리는 서로가 오랜 세월
피어오르는 사랑의 불씨를 건너다 봄이
아름다움이었네, 미덕이었네

내게서도 피어오르던 그러했던 선(善)
그를 찾고 지키고자
한 세월 흐른 밤낮 없던 몸부림
그래서 후회 없는 오늘에사
가슴 고동소리가 사랑의 불씨로 남았음이
오랜 그리움을 달래듯

세월은 사랑이란 안개 이불을 덮어주지만

이제도 그의 실체는

눈물 머금은 바람으로 스쳐갈 뿐이네

동행의 의미

바~알갛게 익은 해가
서산 깊숙이 빠져 버렸습니다
그대가 흔들던 이별의 흰 손수건도 아스라이
이제 차가운 별빛에서 내리는
바람 꼬리가 등 뒤를 밀고 있습니다
따뜻한 온기가 있던 연분, 아니
정열!
우리가 동행할 수 있었던 여로 속에서
긴 날을 두고 반추할 수 있는 의미가
따뜻이 남아 있는 것은
긴 날을 함께 할 수 있는 그러한 여분들을
자국같이 남길 수 있었다는 뜻일 것입니다
우리는 어느새 그림자 같은
해 저문 날의 산책길에 서 있군요
산책길에 서 있군요, 산책길에 서 있군요
산책길에 서 있군요

길 잃은 나그네

지난해 겨울엔 장평천에 난데없이
황새 한 마리가 날아들었었지
작년 그맘때가 넘었는데
물오리들은 모여 들어도 그 황새는 보이지 않네
지금 와 생각하니 그놈이 길 잃은 나그네였어
길 잃은 나그네 치고 깍듯이 대접을 받고
보호를 받으며 한겨울을 지내고 떠나간 황새는
아직 돌아오지 않는 거야
남북이 가로 막혀 오십 년 육로 소식이 끊겨 있어
시베리아의 폭풍에 언덕의 이야기라든가
잘 살아 보겠다고 북간도로 간 순이 소식이라든가
철의 장막으로 가리어 까맣게 잊고 산 세월
금년 들어 육로 개통이다, 남북경협이라는
새로운 소식을 예고라고 하듯
지난겨울 장평천을 다녀간 길 잃은 나그네
그 황새의 소식 같이
조국을 향한 너와 나의 상념은
미래가 안 보이는 겨울 속을 지금은 걷고 있는 게 아닐까?

*장평천: 제천 시내에서 서제천으로 흐르는 천의 이름

납골당

저 문을 열면 몽상의 나래 외엔
생전 가보지 못할 어스스한 이별의 강
그 강물이 몸에 닿으면
살은 타고 뼈는 녹아버릴
이별의 강, 저 강 건너면
만날 수 있는 사람들

언젠가 들어설 곳
납골당 앞에서 오늘은 서성이는데
너 어려서 돌아가신
그리운 그 사람 그 목소리
앞산, 뒷산을 가르고 있다
아버지! 아버지의 목소리!

육순의 동생을 아버지가 계신
북망산천으로 보내며
죽음의 존재에 숙연해서 눈을 감는다

허수아비

아비는 껍데기만 남아있다
수수알갱이는 탱글탱글 영글어가도
아비는 껍데기만 남아있다

헐렁한 옷자락
빙글대는 매꼬모
아비는 껍데기만 남아있다

허허벌판에 쓰러지면
바람이 웃고 지나
대지에 마른 정강이를 박고
하염없이 서있는 아범

비스듬히 드러누워 쌓이는 눈
털며 쉰 소리 기침
아버지는 껍데기만 남아있다

순수

나는 그를 누구라고 밝히고 싶지가
않습니다
수줍어 얼굴이 빨갛게 상기되어
민망해하는 그의 얼굴을 보기가
가슴 두방망이 치기 때문입니다
그렇게 곱게 간직한 먼먼 옛일은
누구에게나 있을법한 까마득한 시절의
이야기지만 간직함으로
순수를 우리 주위에 오래도록 붙들어
놓을 수 있으면 그냥 좋을 것 같아서입니다
그의 모든 것은 순수일 뿐이기에
더!!

아버지

즐기면서 사는 것보다
고뇌하며 살아오신
아버지가
더 마음 깊은 곳에 와
결국 나를 알아주는
품에 안기게 되는 건가요?
이제 무슨 더 할 말이 남아
뼛속까지 저며 시린
떨림으로 삶을 확인 하시나요
아버지!

아버지 산소

산이 그리워 산이 그리워
산길을 간다
산이 그리워 산이 그리워
의림지 솔밭 길을 지나
오늘도 산길을 간다
오늘도 내일도 산이 그리워
산이 그리워 오솔길 따라 산길을 간다
마을을 지나 또 한 마을 지나
산길을 따라 보름달 뜨는 밤
달을 쫓아 달을 쫓아
산이 그리워 산이 그리워 달밤에 간다
산허리 마지막 집안으로 달이 들어가 앉는다

예좌기

예좌기 요란한 소리를 내며
작업을 하고 있다
노란 꽃잎의 수줍음 달맞이꽃
흐드러져 널려 있는 개망초 쓰러지고
아기 똥풀이 노란 똥을 풀밭에
떨어뜨린다, 할미꽃 나뒹군다
예좌기가 풀잎을 누비고 간다
이놈들 제초제는 너희들 뿌리까지
썩어 죽게 하지만
나는 너희들 뿌리는 다치지 않게 하느니
예좌기가 무자비하다고 욕하지 말라
너희들은 곧 연초록 새싹이 움트는 희망이 있느니
그래서 내 이름은 예좌기 아니겠니
예좌기는 오늘 옛 황산벌에 계백의 ㅇㅇ도가 되어 나아가
신다
물러가라 예좌기 나가신다

시와 다시 만나

첫 사랑에도 기억이 없는
짜릿한 첫 키스에 가슴이 떨려옵니다
어떻게 감당할까 정 들면 두려워
깊은 수렁에 함몰하여 잠들 것 같아
도망가는 바보스러운 나의 꿈을 말하라 하셨습니까?
50대 중반의 나이에 감당하기 힘들은 짜릿한 첫 키스에
가슴이 그렇게 떨려온다고 믿어 줄 사람은 아무도 없겠지요
그래서 나는
나의 꿈속에 끝없이 도망가는 꿈을 꾸고 있었습니다
그러한 바보스런
나의 꿈을 말하라 하시는가요?
생활은 무어라 또 나무라실건가요

어머니

어머니
물김치 담으시렵니까?
여든의 나이에
손수 따오신
미나리, 돌나물 바구니 드시고
앵두나무 우물가에 앉으셨네요

무 숭숭
파, 미나리, 돌나물에
고춧가루 물감 살짝 들여
새콤한 물김치
어머니
이 더운 여름에
어머니 담아 주시는 물김치에
밥 말아
얼마를 더 먹을 수 있을지
이 여름날은
아직 행복하네요

벌레의 꿈

무성한 개나리 울타리로 벌레들이 쳐들어왔다
게으른 이집 주인은 그 흔한 농약통 한번 안 맨다
개나리 잎을 다 갉아먹고 벌레는 살이 통통이 찌고 개나
리는
파란 줄기만 남았다, 비가 갠 아침 벌레들이 맑은 공기를
마시며
더 좋은 숲을 찾아 이사를 갈까 궁리중인데
어디서 날아왔는지 새떼들이
앙상한 개나리 밭을 이리저리 휘저으며
벌레들을 주서 먹기 시작했다
한 마리 남은 벌레가 한 잎 남은 개나리 잎 뒤에 숨어서보니
농약통 한번 매기 싫어하는 그 농부가 창문을 열고
개나리꽃은 내년 봄에도 변함없이 필 것임여, 하며
워-이 워-이 새들을 쫓고 있었다
벌레는 개나리 잎 뒤에 숨어서 휴! 나에겐 천명이 있나봐
내 종족은 내가 번식시켜야 한다는 걸까?
농부가 창문을 닫는 쾅하는 소리에 벌레는 놀라 땅 위에
떨어졌다
벌레가 땅 위에 떨어져 보니 다 죽은 줄 알았던 동료들이
있었다, 땅을 파고 들어간 친구도 있었다

땅속에 들어가 다음 세대 칠 년 후에는 매미가 되어 세상에 나간단다
아-휴 좋아라! 하늘도 나르고 시원한 나무그늘에서 노래만 부르며 살게 된다니 꿈인가? 매미가 된다면 제일 먼저 아까 그 농부 아저씨를 찾아가 감사의 노래를 불러줘야지
벌레가 중얼거리며 위를 쳐다보니 아까 그 농부 아저씨 환히 웃고 서있는 얼굴이 보인다

가을 단상

바람이 붑니다
보도 위에는 노오란 은행잎

배추 속 노오란 꼬갱이가
된서리를 먹고도 아직은 당차게
자라는 양지 녘에

바람이 붑니다.
보도 위에는 노오란 은행잎

앙상한 나뭇가지엔
까치밥 홍시가 대롱대롱
하늘을 종칩니다

바람이 붑니다
보도위에는 노오란 은행잎

레인코트 펄럭이는 사나이도
낙엽 같이 끌려갑니다

그 저녁

성~당의 종소리가 들렸어
발그라니 떨고 있는 것은
울밑에 봉선화 꽃잎이었어
따스한 온기를 전해주던
손가락을 살며시 빼어간 것이
마지막 이별일 줄은 몰랐어
그렇게 저물어간 그 저녁
봉선화의 마지막 꽃잎마저
힘없이 바람에 날리던
그 저녁!
즈문날 잊어지지 않는
그 그림을 그리고 있는
사람이 또 있을 것 같은
예감 때문에 그 저녁은
살아있는 것일 거야
아~ 아, 그~ 저녁

운명

포구를 지나 한적한 어촌 길을 거닐었네
대숲에는 바다 먼 곳을 갓 넘어온
시퍼렇게 생긴 수상한
눈을 번득이고 있는 바람이 있었다네
놀란 동백꽃이 충혈 된 눈을 뜨고,
수런거리는 해변
그놈들이 산채로 묶여서 따라온다네
숨을 허덕이고, 눈을 부릅뜬 채 비틀거리며 따라 오다
횟집 수족관으로 쏟아져 들어가
금세 여유롭게 헤엄치고 있다네
수런거리는 시간 속에
그놈들의
운명이 다가오고 있네
그러나 그놈들은 알 리가 없지
이런 일들을 가지고 우리는 운명이라고 말하지
지금은 잔잔한 파도가 밀려오고 있을 뿐
밀려와서 부서지는 파도
너나 나의 운명을 알려 줄 리가 없지
먼 바다 위에 한 점 난파된 배 조각이 떠다니고 있을 뿐이네

그리운 청풍강

말문 열어보지 못한 사랑이! 사랑 때문에
내열로 승화된 이 가슴마다 속으로
백합꽃 향기를 피워대던 그렇게 정든 너의 품
네 눈물은 흘~러~흘~러 그 세월이 오붓이
살아 숨 쉬는 그 품에 안겨 있어도 그리운 너
고향강 언덕엔
열매 없이 피고지기만 하던 사랑 꽃
간데없이 청풍강은 청풍강은
호수가 되어 비 오는 날을 울고 있구나
아! 정든 너의 품, 그리운 청풍강

우륵샘

여기 이천년 전부터
솟아오르는 샘물이 있다
샘물은 솟아오를 뿐
이만년 만큼이나 깊은 속을 가졌다
의림지!
천오백년 전 가야사람 우륵이
신과 진흥왕에게서 국원을 하사 받은 뒤
의림지 우륵대에 좌선하여
명상에 잠기고 곡을 짓다가
목을 축였다는 기록이 전부인
솟아오르는 땅속을 들어가 볼 수 없는
샘물
솟아오르는 출구가 대도사 아래쪽에서 위쪽으로
이사하여 등산객의 목을 축이고 있다
솟아오르는 모양은
솟아오름이 생명!
샘물은 약수
대도사 위쪽에서 등산객의 목을 축이고 있다

*우륵샘: 제천시 의림지 동쪽 산기슭 대도사 옆에 있는 샘.

옥순봉

천년 전에 우리가 약속한 곳이다
차를 세우고
옥순대교 난간에 서본다
옛날 아주 옛날에
나에게 스치고 지나간 많은 여인들 속에
옥순이란 이름을 갖은 처자가 있었느니라
호사스럽게 사랑이란 걸 해보겠다고
백년을 편지를 써 우여곡절 끝에 답장을 받아들었으나
나는 전쟁터로 향해야 했느니라
저 옥순봉의 우후죽순처럼 오른
기암절벽을 타고 올라간 봉
그 봉을 더듬던 추억들
세월이 아주 많이 흐른 오늘에 사
차를 세우고
옥순대교 난간에 서 본다
네가 긴 다리를 놓아 나를 맞이할 것이라
믿었던 마음이 청풍호를 타고
빗살같이 네게로 간다

*옥순봉: 충북 제천시 청풍호반에 있는 제천 10경 중 한 곳.

화진포

잘 길러진 방풍림
소나무 숲을 등에 지고
사랑을 사랑이 사랑은
등을 촬영한 촬영지라는
팻말이 붙어있는
해변 오솔길을 따라 걷는다

해변 카페
젊은 연인들이 된
기분에 싸여
멀리 수평선을 바라보며
커피를 마신다

김일성 별장
이승만 별정, 오고 가며
화진포의 사랑 이야기들

금빛 모래사장 위에는
먼먼 옛날에 있은 듯
젊은 날 힘찬 걸음이 만든
발자국은 간데없다

처녀림 같은 금빛 모래알들, 낙조에 안겨
수줍은 듯 반짝이는 쓸쓸한 해변
그어놓은 선이 없는 수평선 위로 걷고 있다, 걷고 있었다
눈!으로만 하염없이 걷고 있었다

제천 단양 떴다

~제천 단양 떴다.
유람선이 떴다. 케이블~카도 떴다.
제천~단양이 떴다. 바람도 불었다.
소프라노, 테너, 샹송, 트로트 신이 나면
트위스트, 트위스트 밤하늘에 수를 놓고
청풍에~ 도담삼봉에 유람선이 떴다.
제천 단양에 패러글라이더 떴다. 비행기도 떴다.
제천 단양이 떴다. 떴다. 비봉산 모노레일도 떴다~
물위에 떴다~ 산위에 떴다. 하늘에 떴다.
단양 떴다, 만천하~ 스카이워크 높이 치솟았다.
제천 떴다, 의림지 청~풍명월, 떴다. 케이블카 떴다.
떴다.~ 떴다.~

입소문

시집간 딸이 오면 식탁 위에 아버지의 간식거리가 노여진다.

이게 뭐냐? "아빠는 빨간 오뎅도 몰라요? 경숙이 언니는 기차에서 내리면 제일 먼저 중앙시장 빨간 오뎅 먹으러 간대요. 이것도 아빠 드리려고 가게 앞에서 기다려서 사왔어요."

어느 날 버스 여행을 다녀오다 중령재에서 버스가 잠시 섰다. 작은 포장마차 주위로 사람들이 옹기종기 서 있는 곳이 있었다. 넘겨다보니 며칠 전 먹어본 그 빨간 오뎅이 꼬치에 꼬여 나오고 있었다. 버스 앞에 모여 있는 일행에게 저기 빨간 오뎅이 있는데 하니 빨간 오뎅, 빨간 오뎅 하며 그곳으로 몇몇이 또 모여 간다.

버스가 제천에 도착하여 그 통로를 지나게 되었다. 중앙시장 앞 빨간 오뎅 본산이라는 작은 가게 앞으로 사람들이 줄을 서 기다리고 있다.

입소문으로 성업 중인 점포주인 얼굴은 어떻게 생겼나 나도 한번 가 보아야겠다.

몽골엔 가기가 싫다

승용차가 포탄을 맞은 것 같다
밤새 황사 먼지가 물방울에 범벅돼
앞 유리만 닦고 달리는 기분은 좋지가 않다
황사가 날아온 서북쪽을 본다
뿍대기 같은 마른 풀을 뜯는
염소며 말떼들, 낙타무리 저- 거치른 초원
5000년 전의 조상들이 이미 버리고 온
거치른 초원에서
황사 먼지 휘몰고 온 칭기즈칸의 말발굽의 메아리,
마라도까지 고약한 냄새가 남아있지만
따뜻한 남쪽나라에 먼저 온 입김은
성경에서도 염소는 망국의 짐승으로 저주스럽다는데
황사 먼지는 점점 더해져
몽골엔 가기가 싫다
칭기즈칸이 다시 살아나 장백산맥 위로
만리 산맥을 쌓아 울창한 나무숲 가꾸고
초록 평풍 드리우고 뜨거운 혈맥이 흐르는 교통신호 한다면
삿갓 쓰고 죽장 집고 가보려니
잘 있거라, 5000년 전 내 조상들이 버리고 온
거치른 초원 몽골이여!

나는
몽골엔 가기가 싫다

수리(修理)

감겨진 눈꺼풀 안에서
보이는 것은 동공의 속, 속 그림자
내 귀로 사각사각 종이 오리는
소리가 들려온다
죽으면 이승에 귀는 버리고 가야겠다
눈은 버리고 갈 수가 없을 것 같다
눈을 꼭 감았다, 아무것도 보지 않기로 했다
암흑 속에서
처연한 아내의 속 모습이 병원 벤치에 앉아 있는 게 보인다
사각, 사각, 사각, 사각
빨리 회복실로 나가
잠들고 싶다
사각, 사각
내 몸이 수리되는 동안 남의 말 하기 좋아 헛소리
하고 있는 수다쟁이들의 목소리와
사~각~ 사~각~ 사~각~
신의 사자가 가위를 들고 서 있는 수술실!

중환자실

갑자기 조용해졌다
고통도 사라졌다
흐릿한 촉수의 붉은 전등불빛에
침대 위의 침묵이 하나, 둘, 셋
고요하게 길게 줄을 서 있다
그러나 깊은 강물의 흐름 같은
무거운 동력이 흐르고 있는 것 같다
어디론가 가고 있는 듯 조용한
대기실은 중환자실이었다
수술실을 거쳐 입원실로 이동한다는
중압감이 흐릿한 촉수의 붉은 전등 불빛에
눌려 침대들이 무덤같이 보이는 중환자실!
깊은 강물의 흐름 같은
무거운 동력이 흐르고 있다

병상 일지

고통을 곱씹으며
명상에 잠기는
병동은
외로움이 꽃피는
하~얀 벽의 사각지대

화병에 꽂힌 꽃도
고개 숙인 채 힘을 잃고
핏기 잃어가는 세월은
외로움이 꽃피는
하~얀 벽의 사각지대

인적에 뜬 눈은
두 손 꼭 잡아 줄
눈으로 말하자
정이 흐르는 사랑만이
마음으로 반갑구려!

파~란 하늘

빛나던 태양

나무숲에서 솔솔이

흘러나오는 바람 먹으며 그것은

하늘을 날던 꿈의 십자로

병실 수첩

창밖 먼 곳 화장장 굴뚝에선
연기가 피어오른다
4층 병동은 아픔을 안으로 삭이고 있었다
창문을 열고
곧 지상에 안착하려는
빗줄기를 받아 창틀에 낙숫물로 물장구를 치는 것이
유일한 흔적일 뿐이었다
일요일의 병실에는 말없이 웃고 있는
꽃이 피었다
옛날에 누님이 곱게 만든
종이꽃에서나 볼 수 있었던
연분홍 튤립에
유년의 김이 서리고 있다
이제 병실을 나가면
가 보아야 할 곳이 있다
내 출생의 비밀이 담겨 있는 곳
어머니만 알고 계실 그 비밀 이야기, 또는
생가는 잘 보존되어 있는지
내 생가는 역사를 헤집고 이제와
존재하고나 있는지

어머니와 함께 가야겠다
어머니, 어머니와 함께

생가

내 생가는 배냇 포대기에 서나

아니, 모태의 양수 주머니에서나 있나봐

90에 어머니를 앞세우고

물어물어 찾아 나선 내 생가의 내력

그 이후로 서너 번을

드나들면서 맴돌다 온들

무엇을 어쩌자는 것인가?

흰머리 날리며 가을 외투자락 펄럭이는

나와, 나의 어머니

그리고 내 아내가

한번 다시 돌아서 본 나의 생가

생명의 불꽃

입이 살아있으면 입으로만이라도 살자
손이 살아있으면 손으로만이라도 살자
다리가 살아있으면 다리로만이라도 살자
추운 겨울날 황덕 불가로 사람들이 모이듯
너와 나의 머리와 가슴엔 황덕불로 살아날
모닥불 피우니
훨~ 훨~ 타오르는 불꽃 되는
이, 가슴! 가슴!
내 입으로 안 되면 너의 손을 빌리고
나의 입과 너의 손으로 안 되면
또 너의 다리로
훨~ 훨~ 타오르는 가슴들의 불꽃으로
고귀한 생명의 뜻, 꽃으로 피어 올릴
하나 된 우리들의
또 하나의 생명!
슬기의 바구니에 담을 터전으로 삼아
생명의 불꽃
이루리, 이루리, 이루리~라
우리는 이루리~라

천명은 다 해야 한다지

보름달이 밝은 어느 가을날이었다
제천 용두산 아래 맑은 호수 속에
검은 그림자!
호숫가에 즐비한 소나무들이 빠져있다

잔 물보라 속, 속내를 드러내고 있는
소나무의 우듬지를 사정없이 비틀어
거꾸로 눕히고 말을 안 듣는 소나무는
허리를 간질이는 용두산 신령이
한 대 어우러져 시시덕거리며
소나무가 용트림을 시작했다

그 밤
호수 옆 광장, 소나무 용트림 멈추고
아이들 음악소리, 박수소리 한창인 광장 옆
호수 속에선 60년 전 돌아가실 때
붉은 코피를 흘리시던 아버지의
일그러진 얼굴 위로 흘러내리던 붉은 핏물이
오색 네온 불빛 따라 호수는 물들어간다

중풍 맞은 내 오른 다리가 찔룩거리며
소나무 숲 사이를 뛰고
며칠 전 인사동에서 만났던
이탄 교수가 중풍이 재발되어
죽었다며 비틀어진 소나무 우듬지에
올라 앉아 신령 따라 황천길 간다고
문자를 전송하고 있던 밤은
그렇게 깊어갔다

장평천 끝자락 '박하사탕' 촬영지 옆
애련리에 문학관 장만한
오탁번 교수가 뜻을 심고 난 뒤 나는 2번째
3번째 4번째 황천길을 다녀와서야
3년 만에 옥전 개천가 들마루 위에
잠시 그와 나란히 앉았다
오교수도 심장동맥 병이 있어 스텐트 삽입 시술 한 개
했단다

죽은 환자들의 환영이 사라져 가던 밤과
산 환자들의 만남에서
나는 두 개를 삽입했는데…
심혈관 병동에서 퇴원하던 날
병동 입구에서 신랑이 여기 들어가지도 못하고
문 앞에서 운명했다고 슬피 울고 잇던 젊은 여인은
지금 무엇하고 있을까?
죽은 환자와 산 환자 사이
내 기억의 소실점에 써 붙여 놓는다
천명은 다 해야 한다지?
먼~ 먼 하늘을 우러르며…
발길을 옮긴다

내 시여 가거라, 너의 주인의 운명이다
나를 떠나 이승에서 혼자 살 준비를 하거라
너를 쌓아 둘 곡간이 내게는 없단다
천명은 다 해야 한다지만
너희들은 모두 다 같이 늦둥이 들이지만
내 천명을 향해가는 나의 발길이 바쁘구나
그래서 나는 더 간곡하다
시여! 내 시여! 이 밤이 새기 전에
내 곁을 떠나거라

거리

문화원 가족들과 함께
인사동 거리로 가을 문화 탐방길에 나섰다
50년의 짧은 역사로
거나하게 취해 비틀거리며 거닐던
어느 시인, 어느 화가들의 어깨동무 발자국에서
우수가 흐르고 낭만이 꽃피는
인사동 거리
이제 50년이 흐른 후에
이 제천 어느 거리에
내 발자국에서
우수가 흐르고 낭만이 꽃피는
거리의 이름이 생겨날 수 있을까?
용두산 깊은 산줄기에서 남몰래 흘러 샘솟는
의림지 대도사 약수물, 이른 새벽 남 먼저 떠다
정성으로 들이는 어머니 염불에
문화의 거리는 제천에도 생겨나
내가 걷는 발자국마다 후세에
우수가 흐르고 낭만이 꽃피는
의림지 문화의 거리에 갈지자의
인파가 흐드러져 팔을 흔들 날 있어줄까?

의림지 산책

우륵대 자락에 앉아
호수에 얼굴 비추어본다
우륵의 가야금 소리가
물속에서 살아
던져놓은 전설 그물을 당기고 있노라니
찰랑이는 호수에
먼빛으로 거꾸로 서있는
물속의 소나무
역사에 금을 그어 놓은 듯
거꾸로 달리는 필름 속에서나 있을
1500년 전설의 용궁을 헤엄치게 한다
물속의 넉넉한 옛날이 비추이는 그늘
그 속에 환상의 나래를 편다
낙조가 물들이는 호수의 찬란함과
찰랑이는 물결 밑으로
흐르는 구름은 더없이 아름다워
그 속에 가라앉은 구름 위 영혼인 냥
폭포를 향해 정자를 향해
우리는
천년 송 사이를 가르고 있다

환영(幻影)

도로 위로 바람을 탄 낙엽
달리는 차 앞으로 흐트러지며
쓰러지며 나 뒹굴고 있네
바람에 쫓기던 앞다투던 낙엽!
마지막 잎새마저 사라진
휑한 도로!
핸들을 잡은 손이 가늘게 떨리네
삼년상을 앞두고 자연장 겸
바람에 맡기고 돌아온 아버지 산소 앞에서
들고 섰던 어머니 유골!
사라진 반짝반짝 날리며 굴러가던
홀라 가던 마지막 잎새 하나가
내 눈물샘으로 빠져 들었네

〈시작 노트〉
2015년 2월이면 어머니가 돌아가신지 3년이 넘어간다.
삼년상을 지내면 어머니를 더 멀리 보내 드려야겠다는 생각에 잠기게 된 2014년의 마지막 원고를 정리하고 있었다. 나이 탓일까? 내 나이도 어느새 칠십하고 둘이 된다.
갓길에 차를 세웠다. 그래 실컷 울고 가자. 그러고 나면 다시 앞길이 보일 것이다.

돌아오라

사랑은 깊어졌는데, 사랑은 뜨거워졌는데
어느 날 갑자기 그대 보이지 않네
그대 목소리 들리지 않네
그 미소 그 체온 싸늘한 밤비 되어 내리네
사랑아! 내 사랑아! 돌아오라
내 사랑아 오늘도 불러봅니다
구만리 장천, 황천 그곳은 안 돼
돌아오라, 돌아오라!
소리쳐 불러보는 날 돌아오라
내 품으로 돌아오라, 메아리로 갑니다

그리움에 대하여

그리웁다! 먼 산을 보니
너무 먼 곳에 있다
터벅터벅 찾아가는
잡힐 듯 잡히지 않는 그리움 쌓인 곳
가슴 켜켜이 그리움 갈무리
안아보고 어루만지며, 그리움에 대하여
그것은 시었네 그것은 사랑이었네
그것~은 꼭 안아보고 싶었던 애증의 사랑이었네
그리움에 대하여, 그리움에 대하여!

그리웁다! 하늘을 보니
먼먼 먼 곳에 계신다
많은 날을 밤 나그네
그리워 먼 산 바라보는 대물림 사연
이제는 쌓여진 그리움 갈무리
안아보고 어루만지며, 그리움에 대하여
그것~은 이별이 싫어서 흘~린 눈물이었네
그리움에 대하여? 문을 열고나오니
그리움이 먼저 나와 내 앞에 서 가을 같이 깊어가고 있네

꿈에 본 어머니

운해가 서려 도는 골짜기를 향해
가부좌를 하고 피안(彼岸)의 세계에 이르는 길에 앉아본다
등 굽은 나무들이
고향 지키는 당상목(堂上木) 되어 시끄럽게 술렁인다

노란 개나리가 피어있는 언덕으로 내려와 앉았다
옆에는 하얀 소복을 하고 어머니가 앉아 계신다
앞을 보니 맑은 물이 찰랑인다
물속을 들여다보니 깊이를 짐작할 수 없는 곳에
하얀 모래알이 보석같이 반짝이며 깔려있다
물속을 보시라고 어머니를 재촉하는데
잡을 틈도 없이 사라져버린 어머니!

잠에서 깨어 생전에 주고 가신 사각봉투를 개봉해 본다

청산을 나를 보고 말 없이 살라하고
창공은 나를 보고 티 없이 살라하네
탐욕도 벗어놓고 성냄도 벗어놓고
물 같이 바람 같이 살다가 가라 하네

용두산 대도사 진성 합장 낙관

호숫가에서 불러 보는 이름

하늘 눈물이 내리던 날
어머니는 하늘 눈물 타고
하늘로 올라 가셨습니다
그리운 우리 어머니
고요를 품에 안은 저 의림지
호수의 황혼 빛은 어머니의
깊은 사랑의 미로 되었습니다
사랑하는 우리 어머니
고요를 품에 안은 저 의림지
호수에 물보라는 어머니의
깊은 사랑의 미로 되었답니다
호숫가에서 불러보는 소리쳐 불러보는 이름
어~머~니~
어~머~니~
어~머~니~~

시집가는 날

홍대 앞을 지나 규수 예식홀로 들어갔다
이종사촌 동생이 시집가는 날
그 애는 내 딸아이와 동갑이다
멀찌감치 드레스를 입고 앉아 있는 동생을 보니 이별이 생각난다
외삼촌 내외는 어떠실까?
나는 그날 하~얀 드레스를 입은
이종사촌 동생 같은 해맑은 신부를 세 명이나 보고 그 예식장에서 나왔다
옛날을 더듬으며 마포를 돌아 할 일 없이 걸었다
내가 어릴 적 외갓집을 드나들 때는 초가집도 있고 기와집도 있던
마포의 골목은 간데없다
서울의 하늘은 스모그 현상으로 희뿌여니 덮여있고,
강가에 서서 보니 강변 체육시설로 산골도 깊은 산골
향우회 면단 위 체육대회가 합성으로 이어지는
그래도 서울의 오월, 마포 나루터
저 강에 황포 돛대가 띄워지던 옛날
우리 엄마 가마 타고 시집갔을 길

소금 길로 분주했을 옛길 간데없이 철책으로 모두 막혀
선을 그어 놓은 이쪽에서 함성을 듣고 보며 걷노라니
마포 강둑으로 걱정 사고 가는 사람들만
내 뒤로 줄을 서 있다

제천의 눈물

제천에 가면 하늘을 우러르며 흐르는 눈물 있었다네
이루지 못한 사랑 있대서가 아니었네
꺾어져 나간 이상있대서도 아니었어
떨어져나가 돌아앉은 우정 있대서도 아니었다네
하늘을 우러르면 흐르는 눈물
그것은 지쳐버린 우리의 간절한 삶~ 삶~
살음의 희망을 껍질을 벗기고 씻기 우기 위함이었다네
제천에 가면 하늘을 우러르며 흐르는 눈물 있었다네 있었다네
떠나간 그 사람들 미완성된 우리 내 인생~ 인생~ 인생의 행~로 어~허~ 허 어~ 허~ 허~ 허 가~네 가~네~~ 어~ 허허허~~~

장평천 밤안개

쌈, 쌈, 상추머리 쌈
우리 만남을 기리기 위해
연분홍 꽃 피는 매화 한그루 심었었어
축복의 선물 석등에 불 밝힌 밤
꽃잎이 부서져 흐드러지는 이 밤의
이야기로 뜨락에 쏟아지는 별들과 함께
우리들의 이야기 석등에서 흘러나오는
불빛같이 밤새워 초롱이고 있었어
어느새 세상은 잠들고 밤안개는
소리 없이 다가와 그대의 영혼을 덮는
이브자락 산천도 잠들고 저 건너
조차장에 기적소리 어서가자
밀감 빛 장평천 밤안개, 밤안개가
밀려들고 있어

자화상

눈따개비 꽃봉반침
창살같이 너를 품었더니
꽃잎이 터져 나오기 시작하였다
꽃잎은 다섯 잎 무궁화 꽃잎을 그냥 닮아 벌더니
꽃술도 가운데 기둥하나에 왕관같이 장식하고
희던 꽃봉은 노란 계란색으로 꽃잎을 키우는 듯
며칠 새 자줏빛으로 변하는 것도 잠시
진분홍으로 지는 꽃
너는 목화로 환생하고 있다
호두 껍데기 같은 파란 껍데기 속에서
35℃의 무더위로 폭염에 40일을 익어
터져 나오는 솜꽃, 솜꽃!
너는 문익점의 붓대 속에서
칠남매를 거느리고 이 땅에 숨어들어
솜꽃으로 피기까지 일곱 번을 변신하여
드디어 민생을 따시도록 그렇게 이바지 하고 살았구나

삼월의 풍경에서

삼월의 태극기는 정말로 아름답다

양지쪽 봄볕에 쫑–쫑이는 병아리며

고양이 눈치를 보며

까치 한 마리 날아와 빈 고양이 밥그릇을

청소하고 있는 한가롭게 봄을 기다리는 곳에

갑자기 춘설이 휘날리는 삼월의 하늘, 바람에

휘날리는 태극기, 가슴 벅차도록 아름답다

삼월의 태극기, 눈물겹도록 아름답다

멀리서 바라볼수록 더 사무쳐 아름답다

〈시작 노트〉

3·1 운동, 6·25 전쟁, 8·15 광복, 1·4 후퇴 등 격랑과 굴곡을 넘고 넘어 즐거울 때나 슬플 때나 태극기의 물결과 함께 했던 시절의 뒤안길에서 텅 빈 마당 양지쪽에 앉아 집을 지키며 펄럭이는 태극기를 바라보고 있는 고향을 지키는 노인들.

8월의 바람

그대 가까이 오고 있네
내 심장이 뛰는 소리
그대 들을까 감추고 싶은데
8월의 바람에 나부끼는
저 깃발
아! 8월이 오네

피는 신의 뜻
심장이 뛰는 소리
그대에게만은 감추고 싶은데
마음은 마음먹기에 달려도
내 마음도 내 마음대로 못하네
침전하는 마음의 오수를
걸러내면
피도 순화될 텐데

이제 눈을 뜨고 보네
철없이 부는 바람
8월의 바람을
내 힘으로 이루지 못한 광복

내 국토는 두 동강이 나 있어도
바람에 나부끼는 저 깃발
심장이 뛰는 소리
그대 들을까 감추고 싶은데
철없이 부는 바람
8월의 바람!
깃발도 반백년
철없이 나부끼고 있네

나는 기다림을 밟고 산을 간다

느티나무 묵직한 단풍이
여울처럼 밀려오는
가을 바람 따라 흐느낄 때
나는 그리움 접어 허리에 끼고 간다

여울처럼 밀려드는
산바람에 한잎 두잎
은행잎 떨어져 쌓이면 산사로 오르는 길
나는 기다림을 밟고 산을 간다

가을 하늘에 매어 달린 빨간 사과의 실체는
내 허리에 낀 그리움,
내 밟고 가는 낙엽 진 솔잎은
기다리다 지친 앙상한 상처들
마지막 정으로 그 앞 어루만져
참나무 잉걸불 알 속 앞에서 꿈으로 간다

바람아 바람아 속절없이 흐느껴
빈 골골이 타고 내려 긴 피재로 가는 길에
덧없는 마음 붙들어 깊은 사색으로 안게 하고

나뭇잎을 불 타오르면

그로서 내 가을은 피재에서 울고 있다

*피재: 제천 의림지 뒤 용두산 자락의 산골짜기를
따라 넘는 작은 고개 이름.

고향 봄바람

아지랑이가 서로의 허리를 감싸안았네
먼산 등선에서 춤을 추며 오네
꽃가마도 거기 서있네
나는 너와 함께 하는 아지랑이 춤~을~
종달새가 하늘로 치솟을 때는
목청껏 노래하고 싶을 때이네
봄바람이 불 때면
살구꽃 잎이 날리고 싶을 때이네
나는 너와 함께 아지랑이 춤~을~
더러는 제천을 떠나고 싶을 때도 있었네
그럴 때면 이 거리 너와 함께 하는 아지랑이 춤~을~
사랑을 밟고 가는 아지랑이 춤~을~
너도 가면 나도 가야지
추억의 고향 봄바람

그 집 앞

라일락꽃은 시들은 지가 오래다
그 진한 향기가 그리워서인가
호랑나비 한 마리
하트(heart)형 라일락 잎새에 날아와 앉았다
잠든 아가의 입이 젖 빠는 시늉을 하듯
빈 날개만 오므렸다 폈다
라일락 잎에 앉아
향기에 취해 꿀물을 먹는 시늉
너에게도 지난 그리움이 남아 있었구나
라일락 향기가 진동할 다음해 봄날까지
나비야, 호랑나비야!
건강하여라
지금은 처서이니라

돌아선 발길
내 긴~긴~ 그림자 옆으로
그 호랑나비는 따라오지 않고 있다

추석

둥근 보름달 온 누리를 비추이네
더도 덜도 말고 한가위만 같아다오
온 식구들이 어우러져 왁자지껄
웃음소리…
옛날에
달님에게 소원을 빌고 있던
어머니의 마음을 찾아보네
아버지를 더듬어 새겨보네
깊은 묵상에 잠겨 환히 밝은
한가위 둥근 보름달을 우러러 보네

의림지 쌀눈

용두산에서 발원하여 흘러내리는
물줄기는 태초에도 그러하였으리
의림지라는 이름을 얻기 전 그 많은 갈대숲 우거진
갯벌에서 쌀눈은 숨어서 싹트고 있었을 거야
서서히 군락을 이루며 흘러간 천년 그 뒤 또 천년 세월
울림 선생님
우륵의 가야금 소리 들으며 영글어 그 맛은 더 향기로워졌으리
"의림지" 원들, 뒷들, 앞들
용두산 산품에 안겨 잠들은 깊은 밤
용추폭포의 물길도 환히 열렸겠지, 신털이 산 옆
수문지기 헛간에 매여달린 쟁기, 쓰레, 호미, 낫
지게다리를 하고 서 있는 어미 소의 워낭소리
그때도 조용히 울리고 있었을 거야
의림지 쌀눈은 원들, 뒷들, 앞들로 물위에 떠
밤낮 없이 자라고, 번성하였지
의림지 쌀눈은 월들, 뒷들, 앞들로 물위에 떠
밤낮 없이 자라고, 번성하였지
의림지 쌀눈은 선조들과 늘 마주보며 살아
트랙터 소리 요란한 오늘 너와 나의 밥상 위에서
우리와 함께 마주보고 있는 거야

풍년 잔소리

빼꾸기가 울면은
들깨 모 판을 만들어요
하지가 되면 감자를 캐고
초복이 될 무렵 들깨 모를
본밭에 정식해요
옥수수수수염이 올라올 때 마지막
웃거름 주듯
그 토마토 알을 굵게 하려면
웃거름 주세요
가뭄이 심하면 지하수를 끌어 올려 대지를 적시세요
그늘이 무성한 정원 속에 참나무
토막을 세우고 표고버섯 종균을 심어요
더 으슥한 정원 속에는 삼양삼씨를
뿌리고 울릉도 지팽이 나물이 그늘에서
잘 큰대요. 콩 순을 질렀으면, 깨순 따세요
그래야 가지벌이를 해요
내 정원 속에서 내가 잠들어 있을 때에도
몸에 좋은 산 야초 으슥 으슥 크는 풍년 잔소리
꿈속에서도 들리네요

이 가을이 어지럽네

조용히 미소 짓던 얼굴
잠시 옛 시절을 걷노라면
꿈길에서 피는 코스모스 길에서
만난 듯한 그 얼굴

그때 그 길 위엔
그리운 그 사람
바람결에 스쳐간 듯
세월의 뒤안길에 흔적만 남겨 놓고
지난날 청운에 꿈 어깨에 메고
낙엽처럼 떠나간 사람

서울로 데려다 달라던 그 얼굴!
꽃보다 아름다웠던
조용히 미소 짓던 얼굴이
낙엽 속을 헤매고 있어
이 가을이 어지럽네

고추꽃

아침에 핀 꽃은
저녁에 지고
저녁에 핀 꽃은
아침에 진다
피고 지고 피고 진자리에
달리는 고추, 아침에 달리고 저녁에 달리고
달리고, 달리고, 달리고 고추가 또 달리고
여름 태양에 붉게 물들어 통통 살 오르면
그 집, 자식 농사 잘 지었네!
아낙들의 웃음소리에 쌓인 피로 잊혀가네

김장 김치

8월 중순경에 날을 잡아 파종하여 11월 입동을 지나며 수확하는 배추로 담구는 짠지를 김장 김치라 하는데 첫째 종자 선택을 배추 줄기의 식감이 당도가 높고 씹을수록 은근히 고소하고 살집이 두터워 입 안 가득 그런 물이 고이는 품종으로 엄선하여 씨앗을 선택하여 표토에 정성껏 심어 길러 본밭에 옮겨 심은 후 80~90일간 비배관리로 정성껏 길러 꼬갱이라 일컬어 속이 터질 듯 꽉 찬 배추로 소금에 절여 절임배추로 만든 뒤 집안 식구들이 둘러 앉아 갖은 양념을 버무려 김치냉장고에 담가 넣고 또는 장독을 땅에 묻고 담가 넣은 뒤 바람막이 헛간을 세워 겨우내 수시로 꺼내다 먹는 김치, 이것을 왈 김장 김치라 함이라.

넉넉하게 담가 이듬해 봄이 다가오면 "묵은지"라는 이름이 붙어 돼지고기, 버섯 등을 첨가하여 볶아 먹으면 그 맛이 일품찌개 인지라 대한민국 김치 140여 종 중 김장 김치가 으뜸대표 김치임을 인증함을 시인의 이름으로 부여함이다.

들깨

옛날에 있었어
이웃에 장수하던 할머니가
들깨를 볶아 주머니에 넣고 다니며
조금씩 먹고 다니셨는데 일 년에
두 말은 먹는 것 같다고
그래서 장수 식품으로 알고 있는
들깨, 들기름
깻잎도 식탁에 자주 오르는
비빔밥에는 빼놓을 수 없는 들기름
우리 텃밭에는 해마다
들깨가 자라고 있어서 우리의 건강을
돕고 있지, 들깨, 들깨, 들깨, 하 저 들깨

콩

콩은 식품 가공업을 생각할 때
그 범위가 가장 광범위한 것 같은데
베지밀 정식품 정재원 창업주 별세 소식에
콩밭을 거닐며 생각에 잠겨보던 시절이 있었네
두부를 만들까? 아니 메주, 청국장을
아니야 콩가루, 콩기름, 콩소시지
아니면 콩 무엇을
만들까?
만들어, 만들어, 메주 틀을 만들어 가져와
만들어, 된장

장독대

고추장 독
된장 독
간장 독
보리 고추장
모두 모여
쇠파리
찍고
뒷발 싹싹

찹쌀 고추장
쌀 고추장
소금 독
묵은 된장
모두 모여
쇠파리
찍고
앞발 싹싹

아이고
들켰구나

파리

죽네

질펀한

항아리 속

구수한

된장국

돈 벌기 싫다니까

누가 그랬던가
"내일 지구가 멸망하더라도
한 그루의 사과나무를 심겠다고"
금농원 원장님 나는 오늘 살구나무를 심겠소
그 몸을 해가지고 살구나무는 왜?
하루를 더 살더라도 추억 먹고 살려고…
매실 심재, 돈 될 텐데
돈 벌기 싫다니까
살구나무 50, 자두나무 20, 소나무 1그루
앵두 10
이거 보내 주시오
매실을 심재, 돈 될 텐데
돈 벌기 싫다니까
올해도 살구나무 30, 자두나무 10, 주목 20
이거 보내주시오
하루를 더 살아도 추억 먹고 나는 살겠소
매실을 심재, 돈 될 텐데
하늘나라 간 금농원 원장님 살구, 자두, 앵두 다 어데 가고
내 나무는 모두 매실나무뿐이오?

지금 돈 따고 있소
유학 간 아들 놈 든 타령에
매실 안 딸 수가 없게 됐소

청국장

가을이 깊어가면
된서리 내린 들녘에서
연기 피여 오르면 안 깐 콩깍지 던져 넣어
손 녹이며 콩 타작 한참이었지
외출복에 청국장 뜨는 냄새 옷에 밴다고
쫓겨서 한중막 외딴방 독차지해
익어가던 청국장!
어머니의 미소 같은 청국장 맛
어머니의 그윽했던 미소가
뚝배기에 한 그릇 가득히 담겨있네

새싹 삼

사람이라면
내 첫딸 같은 것

사람이라면
내 손자 같은 것 고것

(아가야! 이리 온)

봄바람 어루만지는
초록 얼굴은 희망, 새싹

수경재배로 아주 그냥
너와 함께 하리라, 새싹 삼

얼음 딸기

눈 덮인 농로를 지나
뽀―얀 성애가 송송이 돋아난
비닐하우스 장지문을 열면
훈기서린 김이 피며 나온다
하얀 꽃을 머리에 이고 딸기는
하우스 안을 일렬종대로 얌전히 앉아있다
파란 잎 사이로 빨간 얼음 딸기
얼굴을 뾰족 내밀고 익어가는
한겨울의 진열
제천 특산품!
하여, 눈여겨보았더니
청초하다
신선하다
눈 덮인 산야, 서리꽃 보석에 묻혀
더 아름답구나!
눈은 날리는데, 동장군은 기승을 부리는데
잘 다듬어 보석반지 만들어
오래 잊었던 손이 예뻤던 그녀에게 긴긴 편지를 써
함께 보내주고 싶구나

봄날의 축복에 꽃

농부들은 밭을 갈고 씨를 뿌리네
봄날에 하늘의 축복을
한몸에 다 받고 서있네
하늘은 일찍이 선각자의 입을 통해 말씀하셨다네
"온유한 사람들은 그들의 땅을
유업으로 받을 것이니라"
봄날의 들에는
농부들이 밭을 갈고 씨를 뿌리네
그리하여 그 풍경은 많은 이들의 가슴에
"봄날의 축복에 꽃"으로 비추이는 것이라네

봄날의 들에는
농부들이 밭을 갈고 씨를 뿌리네

외딴 오두막집

외딴 오두막집 뒤란 긴 밭에
내 키보다 훌쩍 커버린 옥수수 꽃대 위에
꿀벌들이 살림을 차렸는지
윙윙 요란스러운 한 세월이 지나간다
뿌리박힌 옥수숫대가 육중하니
큰아이 팔뚝만한 옥수수통 매단
겹겹 산중 외딴 오두막집
작은 툇마루 걸터앉던
할아버지의 꺼먹 고무신작 나뒹굴고
아직 녹슬지 않은 호미 한 자루 나뒹군다
한가한 오솔길 위에 주인 잃은 닭들 목울대를
길게 뽑아 올리는 깃 치는 소리 메아리친다
마른 풀 덤불 속에 유정란이 반짝인다
외딴 오두막집 생태의 오랜 지킴이로
오늘을 확인할 수 있음이라
이제는 빈집으로 남을 할아버지의
과거가 깊은 잠에 빠져 드는
마지막 전설이 잠들어 가고 있는
외딴 오두막집, 외딴 오두막집

둥지를 틀어

그대 산비둘기 같이
저 나뭇가지 위에 둥지를 틀거나,
그대 산까치 같이
저 나뭇가지 위에 둥지를 틀거나,
그대 파랑새 같이
저 숲 속 깊이 깊이에
우리 함께 둥지를 틀거나,
자유 같은 창공 높이 날아 함께 춤추며
바람을 가르는 깃털로
그린 그림은 지금껏 다하지 못한
사랑의 서사시로 날줄을 그으며
그대 파랑새 같은 이야기로
저 숲 속 깊이 깊이에
우리 함께 둥지를 틀어,
그대 파랑새 같은 이야기로
저 숲 속 깊이 깊이에
우리 함께 둥지를 틀어,
그대 깃털에 얼굴 묻어
사랑을 확인하는 둥지 속에서
구구구 밤을 읽는 산비둘기 같이
우리 함께 둥지를 틀어,
집을 지을 거나, 둥지를 틀어 둥지를 틀어~

시인의 한 수

2011년 4월 5일 발행된 수필집 『미래를 여는 글』(72~74쪽) "국문학이 이룰 수 있는 삶의 풍요"를 읽어보시면 저자의 이 책에서의 시 정신을 납득하시게 되실 것입니다.

상업 르네상스 시대를 열자

르네상스는 학문 또는 예술의 재생, 부활이라는 뜻을 가지고 있다고 설명하고 있습니다.

고대의 그리스 로마 문화를 이상으로 하여 이들을 부흥시킴으로 새 문화를 창출해 내려는 운동으로 그 범위는 사상, 문학, 미술, 건축 등 다방면에 걸친 것으로 5세기 시대의 이야기입니다.

그 후 14~15세기를 거치며 이탈리아, 프랑스, 독일, 영국 등 북유럽 쪽으로 전파되어 기타시대의 문예부흥 시대가 열리고 따라서 상업 르네상스시대가 이루어져 상업이 발전되어 갔다고 역사는 말하고 있습니다.

그런 어원의 용어를 내걸고 저는 지금 고향 문화의 변화, 즉 우리 지방문화의 변화에 접근하고 싶은 것입니다.

그래서 앞으로 상재할 저의 10시집엔 써내려가고 있는 시들 중 음률이 있는 시를 한 데 모아 『내가 부르고 싶은 노래 있어』라는 제목의 시집을 만들기로 계획을 세우게 되었습니다.

그런데 그때까지 살아있을지 그것이 염려가 되고 해서 5시집 말미 2부 “시인의 한 수”에 노래가 될 수 있는 시를 좀 어색한 시어는 노래어로 몇 개씩 바꾸고 수정해서 제천 단양의 상업 르네상스 시대를 알리는 목적으로 13편의 노래시를 이 시집에 올려 거액의 자본투자가 되어 시, 노래, 춤 등으로 제천 단양의 대형무대에서 갈라쇼 형태의 대공연이 전국에 방송되는 날이 있게 되기를 소망하며 많은 이들이 이런 꿈을 같이 성공해 주기를 바라는 마음도 함께 여기 담아 놓기로 했습니다.

물론 상대방들의 문예학술 저작권을 존중해 가면서 양 시군의 지역발전을 위한 아름다운 경쟁이 있기를 기대하면서 준비된 13편의 노래시를 뒷면에 올리겠습니다.

2부

시노래

바닷가 언덕에서

우~ 우~ 우~ ~ ~ ~ ~

마음먹은 대로 오순도순 살고 싶었습니다.

꾸밈없이 물결치는 대로 바람 부는 대로 옥빛 물결 찰랑이며 그렇게 지내고 싶었습니다.

파도치는 대로 밀려가는 대로~ ~

~ 우 ~ 우 ~ ~ 우 ~ 우 ~ ~ 우 ~ 우 ~ ~

~ ~ 성난 파도 같이 아무런 거침없이 밤새워 몸부림 쳐 암벽에 구멍 뚫고 밤새워 몸부림 쳐 날밤 지새운 새벽, 붉은 눈 가지고 애련에 시린 마음들일랑 모두 다 싣고 그대 발밑을 스칠 뿐, 그대 님 데리고 떠나간 바다이고 싶습니다. ~ 바다이고 싶습니다. ~

우 ~ 우 ~ 우 ~ 바다이고 싶습니다. ~ ~

첫사랑 소실점 제천역

첫사랑 소실점~ 제~천~역
두근거리는 가슴으로 그때 함께 철길을 걸었네.
먼 철길 구비마다 나란히 가도 가도 두근거리는 가슴뿐이었네.
소문만 무성하고 그냥 나란히 걸어간 철길 산도 들도 강물도 모두 놓아두고 한없이 걸어갔던 철길, 그 철길 위의 추억의 소실점, 부르는 소리 있어 고~개 드니 내 앞에 있네.
~ ~ ~
첫사랑 소실점 ~ 제~천~역 ~ 야 ~ 야 ~ 야 ~
제~천~역 첫사랑 소~실~점
첫사랑 소실점 제~천~역 제~천~역~ ~ ~

청풍(淸風)에 부는 바람

강변에 서면 아름답던 지난날에 우리들 이야기 품에 안고 떠나간 님의 곁에 머물다간 바람은 돌아올 줄 모르고, 산새소리 울어 울어 울음 실고 산 넘어 오는 바람 갈 곳 없어 내 품에 파고 드네.
떠나간 님들의 품에 안겨 들던 바람 갈 곳 없어 내 품을 파고 들던 바~람~ ~ ~ 바~람 ~ ~ ~ 바~람~ ~ ~
떠난 님 돌아올 줄 모르는 그 언덕 위엔 산새 울음 휘어감고 강변에서 꿈 띄워 보내던 님 따라간 바람 그 님의 모습 흐르는 강물 위로 찾아보아도 호수에 물살 이루며 돌아볼 줄 모르고 가네.
청풍에 부는 바람 언덕에 서 있는 옷자락 부여잡고 매어달리는 낯선 바람만 내 곁에서 찢어지게 울고 갈 뿐 가네, 가네. 돌아볼 줄 모르고 가네. 아 아~ 아~ ~ 청풍에 부~는 바~람~ ~ ~

봄과 함께

잔잔한 웃음을 띠고 부드러운 눈빛으로 다가오고 있었습니다.
그대의 볼에 띄운 홍조가 터질 듯 터질 듯 비벼 스쳐 참아! 참아! 아지랑이는 또 피어나고 있었습니다.
밉지 않은 당신의 자존심 같이 마음대로 흔들어 대더니 꽃은 도도히, 온 천지가 불타오르고 있습니다.
철 맞은 벌나비는 모두가 내 것이라, 모두가 내 것이라 분주합니다.
아 ~아 ~아 ~아 ~아 ~아 ~아 ~아 ~아 ~
그러나 그대는 떠났습니다.
이 들녘 냇물과 꽃과 바람과 모두 모여 속삭이는 봄 속에 꽃잎 지듯 봄과 함께 그대는 떠났습니다.
봄은 다시 오겠지만 봄과 함께 떠난 당신은 영~ 영 다시 올 줄 모릅니다.
기다려도, 기다려도 이 봄에도 다시 올 줄 모~릅~니~ ~ 다~ 다시 올 줄 모~릅~니~ ~다~ ~

님 떠~난 제천역

님 떠~난 제천역에서 소나~무 우~는 소리
그 님을 아시나요.
오월에는 장미꽃 같던 여~인
시월에는 들국화 같던 여~인.
그 여인 숨어 울던 제천역 찾아왔네.
중앙선도 떠나고 태백선도 떠났네.
충북선도 떠났는데 가고 없는 그 님은 찾을 길 없네.
님 떠난 플랫-홈에 스쳐가는 바람소~리 아~ 아~ 아~
아~ 님 떠~난 제천역엔 오~늘도 기차만 오고가~네~
기~차만 오~고 가~네~ ~ ~ 님~떠난 제천역! ~~
서설에 젖은 소나무만 외롭게 서 있네.
쓸쓸히 서~있~네~ ~ 혼자서 서~있~네~ ~

님 떠~난 고향역에 소나~무 우~는 소리
그 님을 아시나요.
삼월에는 복사꽃 같던 여~인
시월에는 석류알 같던 여~인.
그 여인 숨어 울던 제천역 찾아왔네.
상행선도 떠나고 하행선도 떠났네.
관광열차 떠났는데 가고 없는 그 님은 찾을 길 없네.

님 떠난 플랫-폼에 스쳐가는 바람 소~리 아~ 아~ 아~

아~ 님 떠~난 제천역엔 오~늘도 기차만 오고가~네~

기~차만 오~고 가~네~ ~ ~ 님~떠난 제천역! ~~

서설에 젖은 소나무만 외롭게 서 있네.

쓸쓸히 서~있~네~ ~ 혼자서 서~있~네~ ~

제천 밤 블루스

비오는 거리에서 거리로 비오는 거리에서 거리로 흘러가는 강물도 울고 가던 제천의 밤.
견~딜 수 없~는 외로움에 울~고 헤매~던 내 젊음의 발길을 적셔주던 비오는 거리에서 거리로 아픔~을 달래주던 밤~
블루스 블루스 제천~밤~ 블~루~스.
추억에 제천~밤~블~루~스.

비오는 거리에서 거리로 비오는 거리에서 거리로 세파~에 휩쓸려 울고 가~던 제천의 밤.
이제와 생각난다 하얗~게 잃어버린 잃어버린 내 젊음의 밤길을 적셔주던 비오는 거리에서 거리로, 늦었지만 빠져보는 밤~
블루스 블루스 제천~밤~ 블~루~스.
추억에 제천~밤~블~루~스.

청풍호수의 낙조

잔잔한 청풍호~수 위로 낙조 한아름 아름다워라! ~
아름다워라! ~라 ~ ~서산에 앉은 석양이 호수 위로 비추인 빛이 잉태한 공작새 일~만~이~ ~일~만~의~ 기지개를 보라~ 편~다.
아름다워라! ~ 아름다워라! ~ 나래를 접는 소리 일만의 여~울 여~울 조용히 쓰러진다.
만남의 광장에서 청풍호수의 낙조 일만에~ 아름 ~ 아 름 황홀한 빛에 머물다 잠들어간다. 우 우 우 ~ 우 우 우~ 우 우 우 우 우 우~ ~

잔잔한 내류의 바다 위로 낙조 한아름 아름다워라! ~
아름다워라! ~라 ~ ~서산에 앉은 석양이 호수 위로 비추인 빛이 잉태한 공작새 일~만~이~ ~일~만~의~ 군무~를 보라~ 편~다.
아름다워라! ~ 아름다워라! ~ 나래를 접는 소리 일만의 여~울 여~울 조용히 쓰러진다.
만남의 광장에서 청풍호수의 낙조 일만에~ 아름 ~아 름 황홀한 빛에 머물다 잠들어간다. 우 우 우 ~ 우 우 우 ~ 우 우 우 우 우 우~ ~

제천의 눈물

제천에 가면 하늘을 우러르며 흐르는 눈물 있었다네.
이루지 못한 사랑 있대서가 아니었네.
꺾어져 나간 이상 있대서도 아니었어.
떨어져 나가 돌아앉은 우정 있대서도 아니었다네.
하늘을 우러르면 흐르는 눈물 그것은 지쳐버린 우리의 간
절한 삶~삶~살음의 희망을 껍질을 벗기고 씻기 우기 위
함이었다네.
제천에 가면 하늘을 우러르며 흐르는 눈물, 흐르는 눈물
있었다네.
떠나간 그 사람들 미완성된 우리네 인생, 우리네 인생~
인생~ 인생의 행~로 어~허~허 어~허~허~허
가~네, 가~네~~어~허허허~~

제천에 가면 하늘을 우러르며 흐르는 눈물 있었다네.
이루지 못한 사랑 있대서가 아니었네.
꺾어져 나간 이상 있대서도 아니었어.
떨어져 나가 돌아앉은 우정 있대서도 아니었다네.
하늘을 우러르면 흐르는 눈물 그것은 지쳐버린 우리의 간
절한 삶~삶~살음의 희망을 껍질을 벗기고 씻기 우기 위
함이었다네.

제천에 가면 하늘을 우러르며 흐르는 눈물, 흐르는 눈물 있었다네.
그리운 그 사람들 멀리 가고 우리네 인생, 우리 내 인생~
인생~ 인생의 행~로 어~허~
허어~허~허 가~네 가~네~~어허허허~~

대도사 막재

대도사 겨울 소나무 의림지에 누워 잠들고, 목탁소리 등에 업고 휘파람 불며가는 저 바람 이승, 저승도 몰라라 하네. 염불 외는 스님의 독경소리 목탁소리 새벽을 불러 칼바람도 잠들어 가네.
대도사 49재 막재 불길 속에 어머니의 영~혼은 실려간다.
어~머니 어~머~니 바람 이승, 저승도 몰라라 하네.
어~머~니~ ~ 어~머~니~ 어~머~니~ 니~ 대도사 겨울소나무 그 푸르름 더해 가는데~~~ 어머니가 가시네~ 어머니가 가~시~네. 어머니. 어~머~니~ ~ 어~머~니~ ~

둥지를 틀어

그대 산비둘기 같이 저 나뭇가지 위에 둥지를 틀어
그대 파랑새 같이 저 숲속 깊이에 둥지를 틀어
우리 함께 둥지를 틀어
자유로운 창공 밤하늘에 떠오르는 별과~달과 함께
그대 품에 얼굴 묻어 사랑을 확인하는 둥지 속에서
구구구 산비둘기 같이 우리 함~께
집을 지어 집을 지~어 둥지를 틀어~둥지를 틀~어~ ~
사~랑~사~랑~사~랑에 둥지를 틀어~ ~

그대 산~까치 같이 저 나뭇가지 위에 둥지를 틀어
그대 파랑새 같이 저 언덕 위~에 둥지를 틀어
우리 함께 둥지를 틀어
자유로운 창공 밤하늘에 떠오르는 별과~달과 함께
그대 품에 얼굴 묻어 사랑을 확인하는 둥지 속에서
쫑쫑쫑 파랑~새 같이 우리 함~께
집을 지어 집을 지~어 둥지를 틀어~ 둥지를 틀~어~ ~
사~랑~사~랑~사~랑에 둥지를 틀어~ ~

제천 단양 떴다

제천 단양 떴다.
유람선이 떴다. 케이블~카도 떴다.
제천~단양이 떴다. 바람도 불었다.
소프라노, 테너, 샹송, 트로트 신이 나면
트위스트, 트위스트 밤하늘에 수를 놓고
청풍에~도담삼봉에 유람선이 떴다.
제천 단양에 패러글라이더 떴다. 비행기도 떴다.
제천 단양이 떴다. 떴다. 비봉산 모노레일도 떴다~
물 위에 떴다~ 산 위에 떴다. 하늘에 떴다.
단양 떴다, 만천하~ 스카이워크 높이 치솟았다.
제천 떴다, 의림지 청~풍명월, 떴다. 케이블카 떴다.
떴다~ 떴다~~

오! 내 젊음

자작나무 우거진 산골 오솔길을 지나
우리는 우리의 아지트에 천막을 세웠었지.
황혼이 지기 전 부지런히 만들은
작은 마당에 모닥불 피우고
자작 자작 소리나는 자작나무 타는 소리에
기타 반주를 조율하며 밤샘을 하던
젊은 날 한때의 피서지였던
자작나무 사잇길을 지나 오솔길도 지나
이제는 우리의 인생 굵어져 있네.
불러도 대답 없는
오! 내 사랑, 내 청춘의 시절이여!!
그것들이 모두 내 사랑 사랑 사랑이었네.
사랑이~였었네, 사랑 사~랑 사~~랑
사랑이였었다네~ 오! 내 젊~음, 젊~~음
내 젊음의 시절이~여

〈노래가사〉

후회

박광옥 시 / 김동진 곡

창밖엔

백목련 넓은 잎이 한 잎 두-잎 떨어져~ 쌓인다.

떨어지는 잎새 하나도

오늘은 저리 제 생긴 대로 정성을 다해 정성을 다해

땅 위에 내려앉는다. 땅 위에 내려앉는다.

별이 쏟아지는 창밖엔 살~포시 쌓이는 낙엽 지는 소리가

정감을 더해주는 이 가을

달빛~ 도듬어 촛불 하나 켜~놓~고

나는~ 탄식한다 잡히지 않고 가을은 간다.

소슬바람 따~라 달 가듯이 달 가듯이

돌아올 수 없는 선을 넘어 선을 넘~어

후회

저 리 제 생 긴 대 로 정 성 을 다 해 정 성 을 다 해
땅 위 에 내 려 앉 는 다 땅 위 에 내 려 앉 는 다
별 이 쏟 아 지 는 창 밖 엔 살 - 포 시 쌓 이 는
낙 엽 지 는 소 리 가 정 감 을 더 해 주 는 이 가 을

mf
달 빛 - 도 듬어 촛 불 하 나 켜 - 놓 - 고
나 는 - 탄 식 한 다 잡 히 지 않 고 가 을 은 간 다
f
소 슬 바 람 따 - 라 달 가 듯 이 달 가 듯 이
돌 아 올 수 없 는 선 을 넘 어 선 을 넘 - 어
2003.12.18.

시인의 문학 발자취

박광옥(PARK KWANG OK)

시인, 수필가, 작사가

1944년생 (호: 제천 소나무)

1991년 10월　대통령 표창

1992년 10월　육군참모총장

1996년 10월　대통령으로부터 참전 유공자 증서 교부 받음

1998년 11월　문학세계 신인문학상으로 문단 데뷔(시 부문)

1999년 1월　시집『제천 소나무』출간(도서출판 천우)

1999년 10월　시집『제천 소나무』80부 제천역장님 요청으로 제천역에 기증

1999년 11월　문학세계 신인문학상으로 문단 데뷔(수필 부문)

1999년 11월　제천 의림지 둑 위에 소나무를 보충하여 심기 시작하며 의림지 소나무 인공 군락지 및 가로수 확대, 제천 및 도내 전국 각 공지에 제천 소나무 조경 방식 붐 일기 시작함(시집 송학산~노을에 사진 소개)

2000년 6월	제천시 하소동 211-1번지 신당로원 참전 기념탑 앞에 헌시비 건립(군 관련 행사에 시낭송이 확산되는 계기가 됨) 시 「이별의 씨앗」 석질 크기: 오석와비(1050×720×240)
2001년 3월	제2회 문학세계 문학상 본상 수상(시집 『제천 소나무』)
2001년 5월	제천 문화원 주관 남한강 수몰 사진 전시회(시 「청풍에 부는 바람」이 간판 시화로 제작 문화 홍보물로 전시 시작, 2001년~계속 사업)
2002년 3월 12일	'세계시의 날' 기념 이탈리아 국립시인협회 주관 유네스코 주최 '이태리의 시의 바벨탑' 프로젝트에 한국을 대표하는 7인의 서정시에 선정 개재(시 「제천 소나무」, 「후회」)
2002년 4월	월간 문학세계에 41개월 작품연재 마감
2002년 10월	문학세계·시세계 100호 출간기념 문학 발전 공로상 수상
2002년 12월	시 「제천 소나무」 대형시화 제천역 하차 개찰구벽에 게첩
2003년 12월	시 「후회」 김동진 작곡으로 가곡 탄생
2004년 5월	제2시집 『송학산-노을』 출간(도서출판 한국시사)
2004년 7월	제10회 세계 계관시 대상 수상(시 「하늘을 우러르면 흐르는 눈물」)

2004년 12월 제15회 한국시 대상 수상(시집 『송학산-노을』)

2006년 3월 '세계시의 날' 기념 유네스코 주최 이태리 국립시인협회에서 주관하는 '시의 바벨탑'에 2006 한국을 대표하는 10인의 시인으로 선정 수록됨(시 「봄과 함께」)

2009년 6월 충북 제천시 봉양읍 명암리 산 4번지 영농법인 산채건강마을 내 고 박지견 시인 시비 건립(제천 소나무 문원 사업)

충북 제천시 봉양읍 명암리 명암리 산 4번지 영농법인 산채건강마을 내 박광옥 시 김동진 곡 가곡 「후회」 노래비 건립(제천소나무 문원사업) 석질 및 크기: 자연석에 오석판 부착(30×80×5)

2009년 12월 Y뉴스지(제천) 3년간 작품연재 마감

2010년 2월 시가 흐르는 서울 조성사업에 시 「환상특급」이 청량리 지하철역 스크린 도어에 게첨(서울시 사업)

2011년 4월 제1집 박광옥 수필집 『미래를 여는 글』 출간(세종문화사)

2011년 10월 대통령으로부터 국가유공자 증서 교부 받음

2012년 6월 한국 문예 학술 저작권 협회 가입

2019년 12월 3시집 『향맥』(시선집) 출간(문학신문 출판국)

세종 문학상 수상(시 문학상)

세종 문학상 수상(수필 문학상)

2020년 11월 4시집『내 울안의 생태 정원사』 출간(청어출판사)

2021년 11월 5시집『둥지를 틀어』 출간(청어출판사)

둥지를 틀어

박광옥 지음

발 행 처 · 도서출판 **청어**
발 행 인 · 이영철
영　　업 · 이동호
홍　　보 · 천성래
기　　획 · 남기환
편　　집 · 방세화
디 자 인 · 이수빈 | 김영은
제작이사 · 공병한
인　　쇄 · 두리터

등　　록 · 1999년 5월 3일
(제321-3210000251001999000063호)

1판 1쇄 발행 · 2021년 11월 20일

주소 · 서울특별시 서초구 남부순환로 364길 8-15 동일빌딩 2층
대표전화 · 02-586-0477
팩시밀리 · 0303-0942-0478

홈페이지 · www.chungeobook.com
E-mail · ppi20@hanmail.net
ISBN · 979-11-5860-992-4(03810)